필

채상우
시집 『멜랑콜리』 『리튬』 『필』을 썼다.

파란시선 0082 필

1판 1쇄 펴낸날 2021년 8월 20일
지은이 채상우
디자인 최선영
인쇄인 (주)두경 정지오
펴낸이 채상우
펴낸곳 (주)함께하는출판그룹파란
등록번호 제2015-000068호
등록일자 2015년 9월 15일
주소 (10387) 경기도 고양시 일산서구 중앙로 1455 대우시티프라자 B1 202호
전화 031-919-4288
팩스 031-919-4287
모바일팩스 0504-441-3439
이메일 bookparan2015@hanmail.net

ISBN 979-11-87756-99-6 03810

값 10,000원

필

채상우 시집

시인의 말

비가 온다 비가 온다라고 쓴다 고양이가 지나가고 있다 고양이가 지나가고 있다라고 쓴다 정말 고양이가 비를 맞으면서 지나간다 모처럼 아프다 아프니까 착해진다 아프니까 착한 마음으로 쓴다 공들여 쓴다 오늘은 하루 종일 구름을 볼 수 있겠구나 오랜만이다 오랜만이다라고 쓴다 오랜만에 착한 마음으로 비 내리는 하늘을 바라본다 바라본다라고 쓴다 당신처럼 바라본다 당신이 나를 바라보았듯이 바라본다라고 쓴다 이 문장은 나흘째 내리는 빗소리보다 어둡다 아직 그 사람은 어두운 여인숙에서 바쿠닌을 읽고 있을 것이다 어떤 문장은 아무런 의미도 없지만 기어이 써야만 한다 반드시라고 쓴다 必은 평생 심장에 꽂힌 칼을 본떠 만든 것이다 이를 악문다 이를 악문다라고 쓴다 이가 아프다 정말 아프다 아프니까 또렷해진다 또렷한 정신으로 라일락을 심으러 갈 것이다 이 비가 그치기 전에 그러나 비는 비가 온다라는 문장과 상관없이 그치지 않는다 그치지 않는 빗속에서 라일락이 꽃을 피운다 라일락이 피는 덴 아무 이유가 없다 그러나 한번 잘못 쓴 문장은 결코 지워지지 않는다

차례

제4부

제1부

生時

말할 수 없이 슬픈 꿈을 꾸었는데 기억이 나질 않는다

허공마다 작년에 피었던 죽은 목련들

처음인 듯 꽃등잔 받쳐 들고 마중 나온다

끔찍하구나 극진한 봄밤이여

제2부

必

당신은 모두 당신이었다

당신이 아닌 당신도 나도 당신이었다

必

쓰고 있다 나는 지금 쓰고 있다 봄날에 대해 쓰고 있다 봄날 피어나고 있는 꽃에 대해 쓰고 있다 나비라고 쓰고 있다 아지랑이라고 쓰고 있다 처음이라고 쓰고 있다 이건 미친 짓이다 우주는 137억 년 동안 팽창하고 있다 강물은 흘러갑니다 당신과 나의 꿈을 싣고서 꽃처럼 새처럼 바람처럼 오로지 쓰고 있다 지금 쓰고 있다 나는 계속해서 쓰고 있다 한번 죽은 자는 다시 죽지 않을 것이다 되살아나지도 않을 것이다 맹세는 아직까지 지켜지지 않았지만 우리들은 그 봄밤에 맹세를 하였습니다 중력은 어디에나 있지만 아무도 읽을 수가 없다 끝나지 않을 것이다 슬픈데 슬프지가 않다 나는 다만 쓰고 있다 다 늦은 지금에야 그 봄밤에 대해 쓰고 있다 지난겨울을 견디고 꽃꽃이 선 채 죽은 편백을 본다

•「제3한강교」.

必

한여름이고 한낮이다 골목길에 원추리가 피어 있다 강아지풀들이 흔들리고 바람이 분다 금 간 화분 바깥으로 천남성 뿌리가 무럭무럭 자라난다 한여름 골목길은 매미 울음소리로 쨍쨍하다 호박 넌출을 따라 벌들이 맴을 돌고 무당벌레가 날아다닌다 아무도 없다 아무도 없는 골목길 한가운데 고양이가 죽어 있다 고양이 머리에 박힌 대못 위로 밀잠자리가 내려앉았다 떠난다 한여름 한낮이 흐무러진 고양이 눈동자 속으로 꾸역꾸역 들어차고 있다

必

꽃이 피어나려 한다 죽은 새가 이틀째 가만히 있다 움직이질 않는다 꽃이 피어나려 한다 울지 않는 새가 소파에 차분하게 누워 있다 버려진 소파는 버려진 줄 모른다 버려진 줄 모르는 소파는 여전히 기다리고 있다 꽃이 피어나려 한다 한쪽 다리가 부러진 탁자가 허공을 딛고 서 있다 허공이 단단해지고 있다 꽃이 피어나려 한다 화분이 깨지고 있다 깨지고 있는 화분이 깨지려는 화분을 꼭 붙들고 있다 이젠 더는 만나서는 안 될 이름을 불러 본다 속이 맑아진다 흰 무지개가 해를 꿰뚫고 있다

必

다시 열이틀을 꼼짝없이 앓고 나니 사는 게 꼭 귀신의 일만 같다

스물여덟 해 전이었던가 여인숙 앞마당 요강에 눈이 소복이 담기던 입춘 아침

차비가 없다던 그 사람은 무사히 돌아갔을까 여태 소식 모를 사람

입안이 비릿하다

어치가 몇 남지 않은 산수유 열매들을 쪼고 있다

必

염통을 먹는다 염통을 먹고 허파를 먹는다 콩팥을 먹는다 간을 먹는다 싱싱하구나 속수무책이여 마음아 이제부터는 잔인해져야 한다 위를 먹는다 귀를 먹는다 혀를 먹고 코를 먹는다 창자를 먹는다 정녕 이렇게 살아도 살아지는구나 누른 머리를 먹는다 고개를 들어 창밖을 본다 길 건너 개가 찻길 위를 바라보다 나를 한번 보고는 제 집 속으로 들어간다 눈이 내리지 않은 지 열아흐레째다 세월없이 목줄만 길다

•「햄릿」.

必

오늘은 좀 슬퍼도 되는데 슬퍼지지가 않는다 자꾸

비가 내리려 한다

七夕이 지나가고 있다

必

날도 저물기 전 미아슈퍼 앞 자귀나무 아래 평상에 앉아 반병 남은 소주 마저 먹고 소금 찍어 먹던 사람 삼십 년 전 그 사람

비로소 내가 된 당신

必

기약하지 않았는데 저녁은 미리 당도하고 어두운 소주를 마신다

오늘 본 부처나비가 첫 나비가 아닐 수도 있다

일주일도 더 전에 말라 죽은 풍란이 여태 싱싱하다

必

죽어 간다 죽어 가고 있다 쑥부쟁이가 피어났다 죽어 간다 바람이 분다 죽어 가고 있다 바람이 불고 다시 햇살이 맑다 죽어 간다 고양이가 죽은 개개비 새끼를 정성스레 핥는다 오후 내내 죽어 가고 있다 오전 내내 그랬듯 죽어 간다 살구나무에서 살구가 떨어진다 터진 살구들이 사방 천지다 천지간에 죽은 눈알들이 나뒹군다 무엇을 증명하고자 하는가 모르겠다 바람이 불어오고 있다 그저 바람은 불어오고 노인들은 임대주택 화단 대추나무 아래 앉아 북어를 안주 삼아 막걸리를 마시고 있다 경비도 노인이고 근린슈퍼 아들도 노인이다 죽음을 앞둔 사람들은 다정하고 느리다 내가 그런 것처럼 하루 종일 죽지 않고 죽어 가면서 살아간다 15,143일째다 이번 생 전체가 꿈이라면 나는 15,142번째 꿈속에서 죽어 가는 꿈을 꾸고 있는 셈이다 정말 그런지도 모른다 어쨌거나 오늘 하루 내가 한 일은 죽어 간다라는 문장을 하나 쓰고 반나절을 버티다 죽어 가고 있다라고 고쳐 쓰고는 결국 다시 죽어 간다라고 되돌려 놓은 게 전부다 어느 것이 제대로 된 문장인지는 모르겠다 왜 고쳐 써야 하는지도 모르겠다 대체 내가 아는 게 있긴 있는가 모르겠다 다만 죽어 가고 있다 어떤 죽음은 아무런 의미가 없지만 완벽하다 짐 모리슨의 묘지는 방패 모양의 표식으로 봉인되기 전까지 조개껍데기 들과 편지들로 뒤덮여 있었다 층서학은 사체 하나를 바라보다 다른 사체 하나를 바라보는 침묵들로 이루어져 있다 이상하지 않았던 시절은 그렇게 끝났다 그리고 하루하루 이상한 시절들이 계속되고 있다 다만 내가 아니어서 슬프지 않은 새들이 울고 있다

•Tom DiCillo, 「When You're Strange」.

必

고양이가 있다 고양이가 빠져나간 고양이가 있다 킨텍스로 대화공원 앞 삼 차선과 사 차선 사이 고양이 하나가 꼼짝없이 거기 있다

고양이는 어디로 가려 했던 걸까 고양이는 고양이를 두고 어디로 훌쩍 떠나갔을까

점점 얇아지고 있는 고양이 점점 얇아지면서 빙글빙글 웃고 있는 고양이 뭐가 그리 즐거울까 고양이는

한쪽 눈이 짜브라진 고양이 마침내 다른 한쪽 눈도 투툭 사라지는 고양이 차 한 대가 지나갈 때마다 물큰물큰 내장을 게워 내고 있는 고양이 고양이였던 고양이

고양이는 고양이를 기억할까 나는 왜 죽지 못하는가

저기 고양이가 있다

저기엔 고양이가 없다

죽은 고양이가 일어서고 있다

必

울음을 다 운 매미들이 全心으로 떨어지고 있다

아무리 오래 생각해 봐도 모르겠는 것들이 모여 中伏의 저녁을 이룬다

아내는 슬픈 일도 없이 흰 국수를 삶는다

必

비가 오니까 비가 온다
비가 오니까 비가 온다

백중날 오후 내내 난 이런 말이나 중얼거리고 있다

낙숫물 듣는 좌대 아래
눈 부릅뜬 고등어가
혼백 없이 누워 있다

神처럼

必

수국이 무더기로 피어 있다 곧 질 것이다

하루 종일 당신 대신 통조림에 대해 생각했다

프롤레타리아는 매일 매시간 자신을 팔아야만 한다

결코 다다를 수 없는 하얀 공단 같은 밤이다

●「공산당 선언」; Moody Blues, 「Nights In White Satin」.

必

첫눈 내린다 내리는 눈은 내리면서 그리워진다

쓰련 여자처럼

必

꽃이 폈다 진 자리에 새였던 뼈들이 돋아나 있다

必

뱀눈박각시나방 하나 이제 막 피기 시작한 원추리 아래 곱게 누워 있다 모여든 개미들이 生前인 듯 떠메고 간다

환하구나, 저쪽이여!

제3부

微影

오늘은 음력으로 戊戌年 辛酉月 壬子日이다

시들고 있는 칸나 위로 앳된 부전나비 둘인 듯 하나인 듯 날아든다

生前과 死前은 같은 말이다

깨지 않는 꿈

자고 일어나 출근했다가 점심을 먹으러 가다 보면 꿈이 다 난 아직 친구와 술을 마시고 있고 술집엔 눈이 내리고 있고 친구는 이번 생에서 만난 적 없는 할아버지다 코스모스가 핀 신작로를 따라 걷다 보면 매미도 울지 않고 잠자리도 날지 않는 방죽에 허수아비가 꽂혀 있다 꿈에서 깨어나면 내게 괜히 미안하다 낯설지만 낯익은 바오밥나무 아래 누워 있으면 자꾸 잠이 오고 희고 큰 개가 나를 한입씩 뜯어 먹는다 생면부지의 아이들이 아빠라며 행복하게 웃는다 거실로 날아든 나방이 한참을 날아다니다 알을 까곤 사라진다 나는 내가 왜 여전히 슬픈지 모르겠다 입술이 까만 여자가 무슨 말을 하려다가 치마를 벗어 내게 던진다 찢긴 깃발 휘날리며 나 거기 서 있었다 한 사람이 천천히 다가와 침을 뱉고 떠나면 다른 사람이 조금 더 천천히 다가와 침을 뱉는다 썩어 가는 사과에서 아무 냄새도 나지 않는다 열 살이 채 되지 않은 여자아이가 鬼乳을 짜서 노새에게 먹인다 프랑스 영화처럼 시끄럽게 나부끼던 새들이 사라진 쪽을 따라가다 보면 채 저물지 않은 저녁이고 하염없이 또한 저녁이다 능소화 속에서 마른 능소화가 피어나고 있다 다행스럽게도 이제 난 몽정할 나이가 지났다 다리 난간마다 개를 하나씩 매단 비닐 끈들이 반짝반짝 빛

난다 파란색 모나미 볼펜으로 글씨를 써도 글자는 모두 검은색이다 죽은 남자의 베란다에 두 달째 빨간 빤스가 널려 있다 꿈을 꾸고 일어나 성냥개비로 주역의 괘를 맞추다 보면 아직 꿈속이고 내가 이루려던 문장들은 사라지고 없다

•「동지여 내가 있다」; Vino.

신묘장구대다라니

그 벽에는 나무가 있다 늙지도 쓰러지지도 않는 나무가 있고 새가 있다 그 벽에는 한자리에 붙박인 새가 벽 속을 날고 있고 그 위로 구름이 있다 구름은 원래 하얀색이었을 테지만 지금은 아무리 봐도 그렇지가 않다 그 벽에는 해맑게 웃고 있는 끝끝내 어린 소녀가 있고 그 뒤를 천년만년 뒤따라가는 강아지가 있다 그 벽에는 일 년 내내 녹색인 풀들이 있고 눈이 와도 얼어 죽지 않는 고동색 귀뚜라미가 두 마리 있다 그 벽에는 당연히 얼레리꼴레리가 있다 얼레리꼴레리 아래엔 미선이 누나와 낯선 형이 있다 이십삼 년째 있다 이십삼 년째 미선이 누나는 낯선 형과 얼레리꼴레리 중이다 그 벽에는 이십일 년 전 삼양교회 중등부가 부르던 크리스마스이브의 캐럴이 있다 이게 크리스마스라니 이게 크리스마스라니 우리가 대체 무슨 짓을 하고 있는 건가요 그러니까 그 벽에는 삼양교회 중등부원들의 이십일 년이나 사십육 년 후가 적혀 있었던 것이다 무념하게도 나는 나를 부엌에 있는 의자에 묶고 머리를 자르고 마침내 내 입술에서 할렐루야를 이끌어 내고야 말았다 할렐루우야아 할렐루우야아 그 벽에는 천연덕스럽게도 일렬로 늘어선 고추 모종과 아직 피지 않은 다알리아와 천남성의 그림자가 있다 천남성의 그림자는 함부로 밟

아서는 안 된다 독으로 열매를 맺고자 하는 식물은 이미 아프다 그 벽에는 한여름 내내 도마뱀처럼 기어올라 간 담쟁이덩굴의 다섯 발가락들이 수천 개나 있다 그 발가락들이 머뭇거린 곳에는 칠성사이다 병과 오렌지 맛 환타 병과 금복주 병이 깨진 채 아무렇게나 꽂혀 있다 재작년 가을엔 환타 병에 피가 맺혀 있었다 그 벽에는 질긴 고성방가가 있고 술 취한 사람이 오줌을 눈 자리가 있고 빗속에서 튀어나온 얼굴이 있고 한 사람이 오랫동안 서성거렸던 새벽이 있다 어디 그 새벽뿐이었겠는가 벽은 언제나 그곳에 벽인 듯 있었고 있고 있을 것이다 골목길 끝까지 우두커니 벽인 듯 벽처럼 서 있던 사람 觀自在여 觀自在여 어제까진 진실이었는데 오늘은 기꺼이 거짓이 되어 가는 고백들 바람도 없이 우두커니 내걸린 조등을 따라가다 보면 당신이 살던 초록색 대문 집이 거기 아직인 듯 활짝 피어 있다

• Jeff Buckley, 「Hallelujah」; John lennon, 「Happy Xmas(War is over)」; The Doors, 「People are strange」.

백일몽

사람들은 사람이 죽으면 모여서 밤새 술을 나눠 마신다

술은 귀신의 것이다

다시 하루를 더해 술을 마신다

꿈속에서 나는 여태 살아 있었다

천국을 보는 눈

아이가 공을 찬다 한 아이가 공을 찬다 오늘은 유두 하루 지난 칠월의 마지막 날 아이가 공을 찬다 벽에다 공을 찬다 나와 비슷하게 생긴 그 사람이 죽었다는 소식을 들었다 벽에는 전단지가 하나도 없다 낙서도 금 간 곳도 없다 벽은 온전히 푸르다 온전히 푸른 벽에다 한 아이가 공을 찬다 모르셨나요 속삭이는 바람 속에 천국으로 가는 계단이 있었다는 걸 한여름 오후가 터엉 터엉 울린다 터엉 터엉 아이는 오로지 공을 찬다 공을 차고 또 찬다 나는 내가 더럽다는 걸 안다 공은 벽에 부딪혔다가 금세 아이에게 되돌아온다 아이는 공을 차는 것 외에는 거의 움직이지 않는다 거의 움직이지 않고도 아이는 공을 찬다 정확하게 찬다 정확하게 再斯可矣라고 했다 再斯可矣라고 거듭 말했다 저 아이는 오늘 처음 본 아이다 언젠가 본 적이 있는 듯도 하지만 오늘은 처음 본 아이다 오늘 처음 본 아이가 공을 찬다 오늘 처음 본 저 아이가 언제부터 공을 차고 있었는지는 모르겠다 내가 여기 서 있기 전부터였는지 그 후부터였는지 아니면 동시였는지 도무지 기억이 나질 않는다 머리를 언제 감았는지도 모르겠다 붉은 기를 일으켜 주오 죽어서도 그 깃발 따라 나부끼리니 내가 서 있는 곳에선 아이의 왼쪽 얼굴만 보인다 아이의 왼쪽 얼굴엔 아무런 표정이 없다 아무런 표정 없는 왼쪽 얼굴의 아이가 공을 찬다 제발 나를 때려 주세요 내 이빨을 뽑고 손톱과 발톱도 뽑고 머릿가죽과 살가죽을 남김없이 벗겨 주세요 한 덩어리 고기가 되고 싶어요 순결해지고 싶어요 한여름 땡볕 아래 아이가 공을 찬다 아이가 벽에다 공을 차면 공은 다시 아이에게 어김없이 되돌아온다 나는 매번 단 한 번만 진실했을 뿐이다 그것이 내 죄의 시작이고 끝이다 아이가 공을 찬다 아이는 쉬지 않고 공을 찬다 공은 공이 되어 가고 벽은 벽이 되어 가고 아이는 神이 되어 간다 내가 바라보는 곳 어디에서나 볼 수 있다 당신의 뻥 뚫린 동공들 벽에는 아무런 흔적이 없다 벽은 아무런 흔적 없이 다만 거기에 있다 한 아이가 공을 차면 벽은 반드시 거기에 있다 한 아이가 공을 찬다 공을 차고 다시 찬다 다시 차고 다시 차고 다시 차고 다시 차고 아이가 찬 공은 다시 돌아오고 다시 돌아오고 다시 돌아오고 다시 돌아오고 다시 돌아온다 기필코 돌아온다 어제는 유두였고 오늘은 유두가 하루 지난 칠월의 마지막 날이다 모두 이루었으나 아직 이루어지지 않은 하나가 있다

●전문연 창작단, 「조국의 아들」; 『논어』; 安里麻里, 「劇場版零ゼロ」; Led Zeppelin, 「Stairway to Heaven」; Pascal Laugier, 「Martyrs」; Rolling Stones, 「Angie」.

간첩이 돌아왔다

그가 돌아왔다 문득 다시 돌아왔다 돌아와야 할 때 기필코 돌아왔다 은밀하게가 아니라 대놓고 돌아왔다 위대하게가 아니라 좀 시시껄렁하게 돌아왔다 그의 직업은 여전히 우리와 다르지 않다 그는 너무나도 평범하게 생겨 언제나 심드렁했는데 이번에도 마찬가지였다 심지어 그는 가족도 있었다 그를 배반하는 가족도 있었다 그는 우리처럼 외롭고 우리는 그처럼 고독하다 스파이는 미녀를 사랑했는데 그는 누구를 사랑했을까 그는 예나 지금이나 멸사봉공이다 그는 국가부터 사랑한다 국가가 위기에 빠졌을 때 국가를 위해 반드시 돌아온다 약속하지 않았는데 돌아온다 국가가 무사태평인 척할 때도 돌아온다 그러니까 당신이 오늘 점심으로 무얼 먹을까 고민할 때 급습하는 것이다 그러니까 당신이 삼성의 상대로 두산과 엘지 중 하나를 신중하게 꼽고 있을 때 엄습하는 것이다 그러니까 당신이 이제 간첩 따위는 없다며 호기롭게 돼지 껍데기를 추가할 때 돼지 젖꼭지처럼 기습하는 것이다 이걸 씹어야 하나 말아야 하나 망설이는 동안 그는 암중비약한다 어둠 속에서 아무도 모르게 혼자 날고뛴다 저 혼자 밥을 먹고 저 혼자 영화를 보고 저 혼자 노래를 하고 저 혼자 울고불고 후회해도 소용없다 보나파르트여 보나파르트여 헝클어진

머리 바람에 주고 걸어가는 간첩 쓸쓸한 간첩 미소는 슬퍼 그는 언젠가부터 선동하지도 않고 날조하지도 않고 유언비어를 일삼지도 않는다 여대생 이난희를 포섭하지도 않는다 그런 일 따위는 누구나 하기 때문이다 그런 일 정도는 그를 표절한 자들이 더 세련되게 하기 때문이다 진짜 간첩은 가스통에 불을 붙이지 않는다 진짜 간첩은 군복을 입지 않는다 진짜 간첩은 라이방을 쓰지 않는다 진짜 간첩은 댓글을 달지 않는다 진짜 간첩은 다만 모래처럼 먼지처럼 살다가 방을 바꾸듯 체포당하고 포토라인에 겸연쩍게 설 뿐이다 조금은 억울한 눈매로 조금은 분한 입술로 결연히 실패한다 실패하고야 만다 조금 더 완벽하게 실패하기 위해 사력을 다해 그는 기어코 실패를 완수한다 언제나 돌아오는 시월의 마지막 밤처럼 나날이 실패하는 우리를 위해 한마디 변명도 못 하고 뜻 모를 이야기만 남긴 채 사라졌다 돌아온다 반드시 돌아오고야 만다

• 김수영; 김정호, 「고독한 여자의 미소는 슬퍼」; 씨스타, 「나 혼자」; 이용, 「잊혀진 계절」.

晝夜長川

송창식이가 노래를 부른다 송창식이가 식전 댓바람부터 노래를 부른다 송창식이가 노래를 부르는 아침 그리고 점심과 저녁과 한밤을 지나 다시 꼭두새벽 송창식이는 송창식이 노래를 부른다 송창식이는 왜 자꾸자꾸 노래를 부르는가 하고 싶은 말들은 너무너무 많은데 노래를 부른다 하릴없이 부른다 삼 년 전에도 딩동댕 이십 년 전에도 딩동댕 말이나 해 볼 걸 어쩌자고 여름이고 가을이고 우수고 동지고 시도 때도 없이 부르고 또 부르는가 찬물에 밥 말아 먹고 있는데도 부른다 술을 마시고 있는데도 부른다 낮잠을 자다 깨어나 보면 빙그레 부르고 있다 내가 사랑한다고 고백할 때도 부르고 가끔은 죽어 버리겠다고 진심을 말할 때도 부른다 몇 무릎 몇 손이나 모아졌던가 송창식이는 송창식이 노래를 결연코 부르고야 만다 우리 아버지한테도 불러 주고 내 친구들 앞에서도 부르고 일면식도 없는 사람 귀에다가도 나긋나긋 부른다 해외 동포 여러분 송창식이가아 노래를 부릅니다아 그러든 말든 송창식이는 부른다 왜 불러 설레게 해 뒤돌아 앉아도 부르고 귀를 틀어막아도 부른다 이빨을 악물고 꾹꾹 참는데도 조곤조곤 부른다 둥기둥기 기타를 치면서 오 위대할손 그래 내가 졌다 두 손 두 발 다 들었다 불러라 불러 그래도 부른다 송창식이는 그저 송창식이 노래를 부를 뿐이다 내가 태어나기 전부터 종로에서도 원주에서도 부산에서도 삼천포 찍고 목포 지나 대전에서도 내가 가는 곳마다 쫄쫄 따라다니며 부른다 구치소에서도 천연덕스럽게 부른다 송창식이 노래를 부른다 가 버린 꿈속에 혼자 울고 있나 송창식이 노래를 부른다 나도 모르게 나도 부른다 송창식이가 부르는 송창식이 노래를 그래도 생각나는 내 꿈 하나는 그래도 생각나는 내 꿈 하나는 낮달이 뜨고 천둥이 치는 저녁때까지 그래도 생각나는 내 꿈 하나는 대체 그게 무엇이었는지는 다 잊었지만 송창식이가 부르는 송창식이 노래를 줄기차게 부른다 새벽 두 시 반 경비가 벌건 얼굴로 뛰어 올라올 때까지 웃는 건지 우는 건지 도무지 모를 얼굴로 송창식이 노래를 나도 모르게 나도 부른다

● 송창식, 「가나다라」「고래 사냥」「나의 기타 이야기」「담배 가게 아가씨」「딩동댕 지난여름」「상아의 노래」「왜 불러」.

盡心

얼굴에서 얼굴이 자라난다 월요일이 지나고 화요일이 오듯 얼굴에서 자라난 얼굴은 금세 얼굴이 된다 가끔은 두 시에서 네 시로 훌쩍 건너뛰듯 얼굴에서 자라난 얼굴에서 자라나는 얼굴 낙심한 얼굴은 낙심한 얼굴로 변심한 얼굴은 그러나 아무렇지도 않은 얼굴로 내가 나를 이해할 수 없듯 무럭무럭 자라나는 얼굴 얼굴에서 자라나는 얼굴 그 얼굴에서 다시 자라나는 얼굴 또 자라나고자 하는 얼굴 얼굴에서 자라난 얼굴은 내 얼굴이 되려 하고 내 얼굴은 얼굴을 잊으려 하고 기생자가 기주를 죽이고야 우화하듯 자라나는 얼굴은 얼굴을 닮아 간다 나는 지금 착한 얼굴 자꾸자꾸 착해지려는 얼굴 아무런 사심 없이 얼굴에서 얼굴이 자라난다 무한 갱신하는 얼굴 자력갱생하는 얼굴 신이 되어 가려는 얼굴 얼굴에는 기원이 없고 뜻이 없다 이유가 생길 때까지 얼굴에서 얼굴이 자라난다 바쁘구나 얼굴은 전력투구한다 얼굴은 얼굴이 되고자 할 뿐 하염없이 얼굴에서 얼굴이 벗겨지고 있다

다시, 사랑한다고 발음하고 있었다

일렁이는 강아지풀 일렁이는 쑥부쟁이 일렁이는 사루비아 일렁이는 맨드라미 일렁이는 다시 일렁이는 붉은 붉어지려 하는 일렁이는 저녁 일렁이는 저녁의 마지막 빛 다시 최선을 다해 일렁이는 입자들 빨강 주황 노랑 파랑 보라 일렁이는 검정 일렁이는 검정 속의 검정 일렁이는 지평선 일렁이는 지구 일렁이는 회랑 일렁이는 당신과 나의 첫 저녁 식사 일렁이는 저녁 속의 식탁 일렁이는 덜 익은 고기와 그보다 조금 덜 익은 고기 다시 일렁이는 저녁 속의 당신 일렁이는 미소 일렁이는 볼 일렁이는 입술 일렁이는 이빨 일렁이는 혀 다만 일렁이는 혀와 혀 위의 뭉개진 고기와 어떤 단어들 아직 단어들이 아닌 어떤 다시 일렁이는 것들 일렁이다가 어떤 다른 일렁이는 것들 속으로 일렁이며 사라지는 다시 사라지려 하는 일렁이는 당신 다시 당신이 앉아 있는 일렁이는 식탁 그 식탁의 일렁이는 연미색 식탁보 일렁이는 식탁보 위의 나이프 그 칼날 일렁이는 그 칼날 속의 눈동자 내 눈동자 일렁이는 눈동자 당신을 차마 바라보지 못하는 바라볼 수 없는 일렁이는 당신 속의 당신 아닌 당신 일렁이는 나이프 다시 나이프를 꼭 움켜쥐고 있는 그래야만 하는 그럴 수밖에 없는 당신과 당신 아닌 당신과 나의 다시 시작된, 첫

백년모텔

열두 해 전에 헤어졌던 여자가 병이 들어 찾아왔다 오늘은 낮이 가장 긴 날이고 내일은 동쪽으로 흐르는 강을 찾아 머리를 감는 날이다 나는 아직 모른다 낙숫물 소리는 여전히 가난하다 워킹팜은 일 년에 십 센티미터씩 움직인다 그러고는 일 년 전의 뿌리를 미련 없이 잘라 낸다 나는 아직 모른다 닭내장탕을 먹다 보면 삼양동 골목길이 떠오른다 내가 쓴 문장들은 서로를 조금씩 오독한다 한번 시작된 생은 멈추지 않는다 그래 인정한다 너는 나보다 조금 덜 미쳤던 거다 인간을 제외한 모든 동물은 성교를 끝낸 뒤 슬픔을 느낀다 하늘은 둥글고 땅은 네모나다 방금 전까진 개였는데 비로소 개가 된 느낌적 느낌이랄까 개로 오십 생을 살고 나면 인간이 된다고 한다 나는 아직 모른다 평생을 조롱받으며 사는 덴 딱 하룻밤이면 충분했다 오늘을 과연 무슨 요일이라고 말해야 할까 마야인들이 남긴 일력에 따르자면 우리는 이미 죽어 있다 자신을 모욕하는 일은 참 쉬운 일이다 그날 본 꽃의 이름을 나는 아직 이해할 수 없다 다행이다 나만 나를 증오한 게 아니었다 나는 아직 모른다 모나크나비는 독풀 위에 알을 낳는다 내게 남은 건 머리카락 몇 올이 전부다 손가락이 자꾸 파래진다 벽지 속의 물고기가 화석이 되어 간다 나는 아직 알아서는 안 된다 오늘도 사랑할 사람이 생기려 한다 아직 세지 못한 은전들이 낭려하다 나는 선택했다 내 세월 속에 남기로 그러나 나는 모른다 작약을 심었던 마당은 불안으로 가득하다 모든 길의 끝에는 무덤이 있다 쓰고 버린 이름들을 태운다 하루가 지나고 다시 또 백 년이 시작되는 중이다 나는 결코 모른다 내가 사랑하지 않았다면 아름다웠을 여자 다 기억나려 한다 떠나야 할 시간이 다가오고 있다

●長井龍雪, 「그날 본 꽃의 이름을 우리는 아직 모른다」; 라틴 속담; 王家衛, 「一代宗師」.

부정변증법

당신이 내 뺨을 때립니다 찰싹 나도 당신의 뺨을 때립니다 찰싹 그렇게 시작되었습니다 찰싹찰싹 뭐랄까요 좀 화가 나기도 하고 재미가 있기도 합니다 찰싹찰싹 찰싹 하니 찰싹 하고 찰싹 하니 찰싹 합니다 살짝 눈물이 나려고 합니다 찰싹찰싹 아픕니다 찰싹찰싹 볼이 무장무장 부풀어 오릅니다 찰싹찰싹 찰떡궁합이란 이런 거지요 찰싹찰싹 문득 즐겁기도 합니다 찰싹찰싹 왜 이러고 있는지 까먹었습니다 찰싹찰싹 이유가 있긴 있었던 건가요 찰싹찰싹 이유가 생길 때까지 찰싹찰싹 다만 당신의 뺨이 너덜너덜해지고 있습니다 찰싹찰싹 다만 내 이빨이 투두둑 떨어지고 있습니다 찰싹찰싹 나는 왼손으로 당신의 오른쪽 어깨를 꽉 그러쥐고 있습니다 찰싹찰싹 당신은 왼손으로 나의 오른쪽 멱살을 꽉 움켜잡고 있습니다 찰싹찰싹 우리는 정말 하나인가 봅니다 찰싹찰싹 눈알이 튀어나와도 상관없습니다 찰싹찰싹 눈알 따위는 없어도 괜찮습니다 찰싹찰싹 그래도 나는 당신의 뺨을 때릴 수가 있습니다 찰싹찰싹 당신도 내 뺨을 계속 때리고 있습니다 찰싹찰싹 당신이 웃는지 우는지 보이지 않습니다 찰싹찰싹 당신의 바스라진 광대뼈가 느껴집니다 찰싹찰싹 이제 그만할까 말을 하고 싶지만 내 턱은 이미 사라진 지 오래입니다 찰싹

찰싹 그렇게 우리는 서로에게 집중하고 있습니다 찰싹찰싹 이심전심 염화미소 교외별전 삼처전심 찰싹찰싹 찰싹찰싹 하는 소리도 들리지 않습니다 그래도 찰싹찰싹 이건 슬픈 이야긴가요 웃긴 이야긴가요 찰싹찰싹 그러든 말든 찰싹찰싹 당신이 살아 있는지 벌써 죽었는지 모르겠습니다 찰싹찰싹 나는 아까아까 죽었는데 내 오른손은 여전히 당신의 왼뺨을 잘도 찾아다닙니다 찰싹찰싹 마침내 당신은 내 뺨이 있던 허공을 때립니다 찰싹찰싹 나도 당신의 뺨이 있던 허공을 때립니다 찰싹찰싹 허공중에 산산이 부서진 뺨과 뺨이여 찰싹찰싹 다음 생엔 필히 우리 부부가 되어 있을 겁니다 찰싹찰싹 어떤 믿음이 생기려고 합니다 찰싹찰싹 조국은 아직 해방되지 않았지만 찰싹찰싹 난 당신으로부터 당신은 나로부터 찰싹찰싹 믿음을 시작하려 합니다 찰싹찰싹 찰싹찰싹이 오로지 찰싹찰싹이 될 때까지 찰싹찰싹 그저 찰싹찰싹 그냥 찰싹찰싹 자꾸자꾸 찰싹찰싹 그러니까 찰싹찰싹

• 김소월.

November Rain

십일월의 비 내리는 저녁 당신은 오늘도 당신의 한쪽 눈을 도려내고 있습니다 당신은 고통을 모릅니다 당신 눈에서 피가 솟구치고 있는데 당신의 얼굴은 저녁처럼 담담합니다 저는 그 저녁 속을 걷고 있습니다 매일매일 당신은 당신의 한쪽 눈을 도려내고 있고 저는 사념 없이 저녁 속을 걷고 있습니다 우리 행복했었던가요 지금은 이 저녁이 언제부터 시작되었는지조차 기억이 나지 않습니다 다만 당신은 여전히 당신의 한쪽 눈을 도려내고 있고 저는 저녁 속을 걷고 있습니다 시름없이 프리지아가 피어나고 있나요 십일월인데 이 비는 이제 마지막일까요 아직 시작되지 않은 것은 무엇인가요 제 질문은 부질없어집니다 당신은 그저 당신의 한쪽 눈을 도려내고 있고 저는 무량하게도 순정해집니다 십일월의 비 내리는 저녁처럼 십일월의 비 내리는 저녁의 프리지아처럼 당신은 당신의 한쪽 눈을 도려내고 있고 저는 고통을 잊어버린 저녁 속을 걷고 있습니다 맨 처음 고백은 힘들어라 우리 사랑한다는 말을 했었던가요 십일월의 비 내리는 저녁 당신은 얼굴 한번 찡그리지 않고 어제 그랬던 것처럼 눈 속의 눈을 도려내는 중입니다

•송창식, 「맨 처음 고백」; Guns N' Roses, 「November Rain」.

사순절

왼쪽 귀가 잘린 고양이가 죽은 새끼를 물고 하얀 벚꽃 그늘과 자줏빛 목련 아래를 오갑니다

나는 나를 구원할 수가 없었습니다

비 온다

비 온다 비가 온다 비는 비와 함께 온다 비 앞에 비가 오고 비 뒤에 비가 온다 비 아래 비가 오고 비 위에 비가 온다 비 곁에 비가 온다 비는 비에 섞여 온다 비는 혼자 오지 않는다 비는 절망하는 비와 더불어 오고 통곡하는 비를 품고 온다 두려워하지 않는다 온몸으로 다른 비를 껴안고 다른 비의 심장이 된다 비는 나뭇잎이 되길 주저하지 않고 기꺼이 풀잎이 되고 꽃이 된다 땅바닥이 되고 호수가 되고 아스팔트가 되고 철근이 되고 어쩌다 빈 둥지가 된다 비는 비 내리지 않는 곳에서 기도가 되고 비 내리는 곳에서 더 깊은 기도가 된다 밤새 오는 비는 밤이 되고 새벽이 되고 뜬눈이 된다 뜬눈들이 모여 비를 맞고 서 있다 저 팽목항 앞에 저 거리 곳곳에 저 지붕 위에 전국적으로 비가 온다 전국적으로 누구도 잠들 수 없다 누구도 함부로 죽어서는 안 된다 비 온다 비 그치고 비가 온다 비 오는 하루를 건너 또 하루 그리고 또 하루 도무지 멈추질 않는다 사월이 가고 오월이 젖고 있는데 비 온다 비가 온다 떠나지 못하는 비가 떠날 수 없는 비를 적시며 단념 없이 온다

神統記

새는 사라지고 새소리만 남아 온 마당을 뛰어다닌다

새소리로 가득해지는 마당

꽃들이 孵卵한다 졌던 꽃들이

앵초가 피어나고 갯메꽃이 피어나고 얼레지가 피어나고 제비꽃이 피어나고 다시 철쭉이 또다시 당신 입술이

붉게 물든 당신 입술이 피어나려 한다

한데서 국수를 먹다 보면 여기가 春川 같기도 하고 長江 같기도 하고 꿈결 같기도 하고

저기 또 저녁이 오고 있다

귀신은 보이지 않고 당신만 보인다, 오늘은

복숭아꽃이 지지 않는다

점심으로 설렁탕 먹으러 가던 길에 조붓한 화단에 핀 제비꽃을 보았다 참 예뻐서 스마트폰을 꺼내 들었다가 페이스북에 포스팅한 김민정 시인의 글 하나를 읽었다 읽었는데 아프면 와서 자라 하셨다라는 문장 앞에서 나도 그만 무너졌다 무너져서 점심도 잊고 근처 나무 그늘 아래 앉아 있었는데 나뭇잎 그림자들이 겹겹으로 어두웠다 도무지 겹겹인 그 그림자들을 두고 또 그만 아찔해져서 혼자 처연해져 버렸는데 그러다 보니 정말 한없이 처연해져 버려 어두운 땅바닥만 무연히 바라보고 바라보았다 한참 그러고 있었는데 돌 틈에 숨어 있던 물고기가 튀어 오르듯 나뭇잎 그림자들 사이에서 햇살 하나가 뭉텅 튀어 올랐다 하나가 튀어 오르자 다른 햇살 하나가 바로 곁에서 튀어 오르고 또 그 곁에서도 그리고 저쪽에서도 그리고 이쪽에서도 튀어 올랐다 그렇게 햇살들이 마구 튀어 올랐다가 문득 어두워졌다 잠시지만 말할 수 없이 온통 어두웠다 어두웠는데 다시 햇살 하나가 또 튀어 오르자 여기저기서 햇살들이 수없이 튀어 오르기 시작했다 어두웠던 나무 그늘이 속수무책 일렁였다

왜 이다지도 환한가

오래 아프다 뒤미처 오는 것들이여

공원에 앉아 있는데 나비 하나가 제 발등에 내려 앉았습니다 배추흰나비였습니다 행여나 날아갈까 싶어 하느작하느작 나비가 날개를 접었다 폈다 접었다 폈다 하는 날갯짓을 따라 저도 가만히 숨을 들이마셨다 내쉬었다 들이마셨다 내쉬었다 했습니다 나비가 날개를 접으면 저는 숨을 들이마시고 나비가 날개를 펴면 저는 숨을 내쉬었습니다 들이마셨다 내쉬었다 접었다 폈다 들이마셨다 내쉬었다 접었다 폈다 하는 그동안만큼은 저도 꼭 나비가 된 것만 같았습니다 나비가 된 것만 같아 눈을 감고 숨을 들이마셨다 폈다 들이마셨다 폈다 접었다 내쉬었다 접었다 내쉬었다…… 참 아득했습니다 내내 행복했습니다 그러다 저도 모르게 눈을 떠 보니 발등에 있던 나비는 간데없고 나도 없는데 나비 숨결은 남아 하느작하느작 어디 먼 데로 자꾸 저 먼 데로 가는 것만 같았습니다

벤 것도 없이 거둔 것도 없이 자꾸 당신만 두 번씩 부르는 芒種 한낮

목요일 저녁 두부를 사 들고 문촌초등학교 앞 횡단보도에 서서 퇴근하는 아내를 기다린다 건너편 나무들을 바라보다 문득 돈이 없다는 생각이 든다 밑도 끝도 없이 그런 생각이 든다 슬프지는 않은데 막막하다 그런 생각이 한번 들고 나니 오로지 아득하다 비도 오지 않고 바람도 불지 않는데 꽃이 피듯 꽃이 진다 신도 이런 저녁 속에서는 차마 외로웠을 것이다 어쩌면 그래서였을 것이다 46억 7천만 년 전에 사라졌을지도 모를 별빛들을 모셔다 어두워 가는 하늘에다 고이 걸어 놓은 까닭은 그리고 그 아래에다 헛되고 헛된 나를 심어 놓은 까닭은

아까 살 때부터 차가웠던 두부가 혹시나 식지 않았을까 그런 어리석은 근심이나 하면서 아내가 올 때까지 나는 나의 가장 나종 지니일 것이 무얼지를 생각하고 또 생각한다

•박완서.

回音

아까는 오월 초순치곤 좀 더웠는데 지금은 약간 흐리다 길 건너 돼지국밥집에 들어갔던 사람들이 하나둘씩 나오기 시작하고 초등학교 아이들은 어려 보이는 선생님을 따라 횡단보도를 건넌다 건너선 아파트 단지 속으로 팔랑팔랑 뛰어간다 올해 나비를 보았던가 가물가물하다 허리가 잔뜩 굽은 할머니가 유모차에다 개를 태우고 천천히 다가온다 유모차 속의 조그마한 개도 늙어 보인다 육 년 전까지 십육 년을 함께 살다 죽은 개가 보고 싶어졌다 사람들도 몇몇 보고 싶었지만 다만 보고 싶었을 뿐이다 그립다는 말도 하마 저물어 간다 케이크와 카네이션을 사 든 쌍둥이 여고생 둘이 깔깔거리며 지나간다 고개를 들면 그때마다 느릅나무가 수천 장씩 잎들을 나부낀다 왜 그런지는 모르겠다 처음 본 남자가 맞은편 벤치에 앉아 담배를 피웠었는데 어느 순간 사라졌다 라일락은 시들고 있지만 구절초가 자라는 중이다 한동안 무슨 말인가를 하고 싶었는데 여전히 아무 말도 생각나지 않는다

하지

아직 꽃이 피지 않은 푸른 목백일홍을 앞에다 모셔 두고 술을 따른다 사람이 그립다

지금은 다만 방금 피어오른 적란운을 최선을 다해 바라볼 뿐이다

평생이 종일토록 저물지 않는다

제4부

必

불가능해졌다 오후가 오후의 낮잠이 오후의 권태가 불가능해졌다 오후의 독서가 오후의 대화가 불가능해졌다 일요일 오전이 그랬듯 목요일 저녁이 불가능해지고 있다 불가능해진 오후에 앉지도 서지도 눕지도 못하고 불가능해진 일 년 전 오후를 떠올려 본다 불가능해졌다 당신의 얼굴을 떠올리는 것이 당신과 당신 아닌 사람을 구분하는 것이 불가능해졌다 자책도 후회도 불가능해졌다 불가능해진 고통처럼 용서가 반성이 배반이 불가능해졌다 구원이 반동이 반동과 반동과 반동이 불가능해졌다 이 모든 불가능이 차라리 좋다라고 말하는 게 불가능해졌다 조금 더 불가능해지는 일이 불가능해졌다 선언도 예언도 불가능해졌다 혁명이 맞잡은 손과 손이 불가능해졌다 불가능해진 오후 내내 자라지도 시들지도 않는 금낭화 흘러가지도 흩어지지도 않는 먹장구름 부패하지 않는 시체와 시작도 끝도 없는 총합문 불가능한 오후 속에 불가능한 오후가 넘쳐 난다 불가능한 새들과 불가능한 새들의 불가능한 지저귐 불가능한 감탄 사이로 불가능한 근심 사이로 불가능해진 당신은 어디에서나 활짝 피고 있다 당신만이 꽃피고 있다

必

비가 내린다 이따금 바람이 불고 비가 내린다 철저하게 내린다 내가 걸어가는 곳마다 내린다 추적추적 내린다 멈춰 서면 이미 그곳에도 비가 내리고 있다 빈틈없이 내린다 바라보는 곳마다 뒤돌아보는 곳마다 비가 내린다 오늘 하루 내 손목은 위험할 정도로 자유롭다 당신을 생각할 때마다 당신을 생각하는 나를 문득 느낄 때마다 비가 내린다 여전히 내린다 아무런 감정도 없이 아무런 기도도 없이 저 빗속에서 장미는 왜 움직이지 않는가 그저께 내린 비는 그저께 내린 비가 되어 가는데 비가 내린다 하루 종일 아무런 이유도 없이 두 시에도 열한 시에도 일곱 시에도 다시 세 시에도 비가 내린다 하루가 쓸모없어져 간다 하루가 통째 폐기되고 있다 사랑을 멈출 순 없었나요 보세요 저 비가 어떻게 이 세계를 망치고 있는지 회복되지 않는 비가 내린다 부릅뜬 눈들이 터지고 터진다 낙숫물 소리 따라 절지동물이 창틀을 넘어가고 있다 해석할 수 없는 비가 내린다 무작정 내린다 도무지 녹슬지 않는 비가 그 무엇도 아니고 아무것도 아닌 비가 오늘 속에서 그치지 않는다 진실해지기 위해 잘랐던 손가락은 이제 내 것이 아니다 저 빗속에서 내일이 지나가고 있다 비가 내린다 아무 냄새도 없이 아무 기억도 없이 하루 건너 또 하루 느리면서도 신중하게 비가 내린다 이 비가 처음 내리기 전부터 오늘 내리는 비는 오로지 비 오는 오늘을 완성해 가는 중이다

•니체.

必

2시 3분이다 비 내리지 않는 2시 3분이다 자카르타엔 비가 내릴지도 모르는 2시 3분이다 망초가 피어난다 나비가 날아다닌다 그러나 2시 3분은 비 내리지 않는 2시 3분이고 비 내리지 않는 2시 3분에 대전발 0시 50분 열차는 여전히 도착하지 않는다 당연한 일이다 2시 3분엔 아무도 약속을 하지 않으니까 각오도 고백도 하지 않으니까 2시 3분은 다만 2시 3분이니까 오롯이 2시 3분이어서 2시 3분인 2시 3분 오전 2시 3분도 아니고 14시 03분도 아닌 2시 3분 가던 새 가던 새 본다 믈 아래 가던 새 본다 날러는 엇디 살라 ᄒᆞ고 도무지 어쩔 수 없는 2시 3분이다 비는 내리지 않고 매미 울음만 가득한 2시 3분 울음은 무작정 터지는 것이다 그렇게 될 일은 결국 그렇게 되고 토끼는 항상 늦는다 언제나 2시 3분이어서 2시 3분인 2시 3분 대전발 0시 50분 열차는 끝끝내 도착하지 않는다 당신이 그랬던 것처럼 비밀을 품은 당신은 영원히 오지 못할 것이다 영원한 2시 3분 속에서 2시 3분은 영원해진다 영원한 2시 3분 누구와도 약속하지 않았는데 망초는 피어나고 나비는 기필코 변태한다

•「가시리」, 「기차는 8시에 떠나네」, 「대전발 0시 50분」, 「이상한 나라의 앨리스」, 인디언 속담, 「청산별곡」.

必

여름이 여름을 벗고 있다 참나무가 참나무를 벗고 있다 그늘이 그늘 깊은 곳에서부터 그늘을 벗고 있다 당신은 당신이 아니다 고양이가 고양이를 벗고 있다 사루비아가 사루비아를 벗고 있다 주목나무가 주목나무를 벗고 있다 구름이 구름을 벗고 있다 당신은 당신이 아니었다 장미가 장미를 벗고 있다 매미 울음소리가 매미 울음소리를 벗고 있다 붉은괭이밥이 붉은괭이밥을 벗고 있다 명자나무가 명자나무를 벗고 있다 루핀이 루핀을 벗고 있다 청화국이 청화국을 벗고 있다 당신이 아니더라도 당신을 잊은 적이 없다 아무도 지나다니지 않는 계단이 계단을 벗고 있다 아무도 지나다니지 않는 계단을 벗고 있는 계단 앞에서 나는 발을 헛디딘다 당신을 다시 만났던 건 756년 위구르의 한 언덕을 지날 때였고 명동성당 옆 골목길에서 당신은 여전히 울고 있었다 백 일 동안 꽃을 버린 목백일홍이 마당 가득 불타고 있다

必

그러나, 저녁이 오고 있다 그러나 저녁이 오고 있다라는 문장은 저녁 바깥에 있다 그러나 저녁이 오고 있다라는 문장을 쓰는 저녁 바깥의 저녁은 이제 막 저녁이 되려 한다 아직 저녁은 오지 않았는데 그러나 저녁은 저녁 바깥으로부터 오고 나팔꽃은 서둘러 지려 하고 그러나 저녁이 오고 있다라는 문장을 쓰는 저녁 바깥의 저녁은 온통 저무는 중이다 나팔꽃은 낮과 밤을 언제부터 구분하기 시작했을까 그러나 나팔꽃은 저녁 바깥의 저녁에서 꽃잎을 오므리고 가시거미는 제가 뱉어 놓은 그물 속에서 깨어나려 하고 그러나 가시거미가 깁고 있는 저녁은 저녁이 오기 오래전부터 부서져 내린다 그러나 그런 저녁이 오고 있다라고 쓰는 저녁 바깥의 저녁 거기 당신 오랜만이군요 그러나 누구인가 당신은 왜 저녁 속으로 돌아가지 못하는가 저녁이 오고 있는데 저렇게 오고 있는데 그러나 저녁이 오고 있다라는 문장을 쓰고 있는 저녁의 바깥에서 내내 서성이기만 하는 당신 잘못 물들인 색화지처럼 저녁의 바깥으로 저며 들고 있는 저녁 그러나 나는 왜 이 문장을 기어이 완성하려 하는가 그러나 저기 분명 저녁이 오고 있는데 저녁이 오고 있다라고 쓰고 다시 고쳐 쓰는 저녁의 바깥은 아무런 뜻도 없이 저녁이 되어 가려 하는데 이 세상의 모든 저녁에서 사라진 당신 주여 내가 만족합니다 당신이 이루지 않고 떠난 저녁 그러나 마침내 저녁이 오고 있다 그러나 저녁이 오고 있다라는 문장은 끝끝내 저녁 바깥에 있고 지은 적 없는 죄가 불현듯 선명해지려 한다

•흑인 영가.

必

다 늦은 저녁이다

다 늦어 버린 저녁이다

쑥부쟁이도 어치도 당신도 나도

다 늦어 그만 모두 다 늦어

함께 서성이는 저녁이다

알루미늄처럼 하릴없다

必

개미는 죽은 매미나 잠자리를 발견하면 아주 작은 나뭇잎 부스러기나 잔모래를 가져와 무덤을 짓는다 그러고는 며칠 동안 무덤 속을 들락거리며 껍데기만 남을 때까지 속살을 잘게잘게 뜯어 먹는다 산수국이 지고 코스모스가 미련 없이 피고 있다

必

지난여름 배롱나무 꽃 피었던 허공들마다 눈비 내립니다

당신은 오시겠다고도 아니 오시겠다고도 말하지 않았습니다

갸륵하게도 살가죽이 빼곡히 아립니다

눈비 속에서 눈비가 그치질 않습니다

必

흰 개가 지나간다 저 개는 내가 모르는 개다 구름이 흘러간다 저 구름은 오늘 처음 만난 구름이다 장미가 시든다 아니다 저 장미는 이미 시들었고 나는 시들지 않은 장미를 본 적이 없다 골목길은 텅 비어 있다 당신은 없다 흰 개는 지나갔고 구름은 흘러갔고 장미는 시들어 있다 텅 빈 골목길엔 라디오와 나뿐 라디오에선 어제부터 강릉에 폭우가 내린다고 한다 십사 년 전 강릉에 갔을 때도 하루 종일 비가 내렸었다 십사 년 동안 내리는 비 십사 년 동안 꺼지지 않는 라디오 당신은 없고 텅 빈 골목길엔 라디오와 나뿐이다 지나간 흰 개처럼 흘러간 구름처럼 시들어 버린 장미처럼 이제 남은 생은 언제나 어제이거나 어제일 뿐이다 江陵 강 속으로 흘러가는 무덤들 나는 십사 년 동안 당신을 만난 적이 없다 십사 년 동안 어제인 듯 어제 속으로 첩첩해지는 비 죽은 자는 맑은 물이 되어 간다

必

그래요 다시 오월이에요 붉은 장미가 더욱 붉어지려 하네요 아름답군요 그래요 난 또다시 사랑에 빠졌어요 이젠 난 내가 저지를 죄를 헤아리지 않을 거예요 어쨌든 바람은 불고 저기 고양이 울음소리를 흉내 내던 어치가 꽃 진 벚나무에서 다른 꽃 진 벚나무 사이로 날아가고 있네요 날아가는 새의 심장을 본 적이 있나요 나는 아직 내 심장을 본 적이 없지만 그래요 난 그만 사랑에 빠져 버렸어요 부끄러운 줄도 모르고 사랑에 빠진 사람은 부끄러움을 모르죠 두려우니까요 숨겨야 하니까요 왜 지금 당장 수줍어하는 나에게 방아쇠를 당기지 않나요 이제 막 인생이 제대로 시작될 거 같았는데 그래요 난 너무 늦어 버렸어요 벌써 사랑에 빠져 버린 걸요 제발 내 입을 틀어막아 주세요 내 두 발도 잘라 주세요 내가 비명을 질러도 애원을 해도 모른 척해야 해요 난 거짓말을 할 줄 모르지만 시간이 흐르고 나면 모두 거짓이 되어 버리곤 하죠 미안해요 진심이에요 그래요 사랑해요 내 등 뒤에서 속삭이는 나는 누구인가요 난 사랑에 빠졌을 뿐인데 내게 또다시 돌을 던지겠죠 그래요 사랑할 거예요 죽어 가면서도 자꾸 붉어지려는 장미처럼 오월이니까요 저 붉어지고자 하는 장미를 꺾어 고백하러 가려고 해요 어쨌든 바람은 불어오고 내겐 아무것도

소용없어졌지만 그래요 기적이에요 아침이면 머리맡에서
내가 죽어야 할 이유를 하나씩 꼽아 주는 사람 아무 일도
없었다는 듯 난 사랑에 빠져들고 있어요

• Queen, 「Bohemian Rhapsody」.

必

당신은 이미 기적이어서

죽은 당신 입 맞추던 내 입술 마저 썩을 때

당신의 이름이 처음 발음되기 시작한다

必

가문비나무 그늘에 앉아 당신을 생각한다 밑도 끝도 없이 생각한다 당신을 생각하고 생각하는 가문비나무 그늘은 어제인 듯 오늘 하루도 하염없다 하염없어 구름은 흘러가고 해는 달이 되어 간다 온종일 밑도 끝도 없는 당신 생각 속에서 가문비나무 그늘은 자꾸자꾸 자라난다 자꾸자꾸 자라나

하염없어진다 밑이 없는 것들 끝이 없는 것들

가문비나무 그늘 사이로 하늘다람쥐가 귀신처럼 날아다닌다

必

문산 가는 국도변에 한참을 앉아 보도블록 사이마다 빼곡히 틀어박힌 잡풀들을 하나하나 바라보았다

나비도 날지 않고 잠자리도 없다

도로 건너편 개망초들만 저쪽을 향해 자꾸 인사를 한다

만날 것이다 문득

우리 지금 처음 만난 것처럼 만났다가 헤어지듯이

必

비니루 한 장 저 검은 비니루 한 장 한겨울 대곡역 앞 사과나무밭 두엄더미에 걸려 있는 검디검은 비니루 한 장

문득 나부낄 때 만장처럼 나부낄 때 혼신을 다해 바람은 불어오고 반드시 불어오고

불현듯 모든 것이 이해되려 할 때

어쩌자고 무작정 달려오고만 있는가, 당신은

必

겨우 말하고 있는 것이다 칸나 앞에서 아,라고 아아,라고 으으,라고

저녁 속으로 숨어들고 있는 칸나 앞에서

겨우 발음하고 있는 것이다 도대체

이 저녁 난 언제까지나 난민이다

그럴 수밖에 없는 것이다 이미 그렇게 되었다

칸나가 아닌 칸나 앞에서 저녁 속으로 제 마지막을 숨기려는 칸나 앞에서

겨우 어떤 소리 하나가 어떤 소리 하나를 따라 스며 나가는 것이다 내가 말하지도 내가 발음하지도 않은 어떤 소리들이 바싹 악문 입술 사이로 흘러 나가고 있는 것이다

저 저녁 어딘가에 지난여름 내가 만나지 못한 칸나가 피어나고 있다

必

구 년이 지나갔다
구 년이 지나갔다

구 년이 지나고 보니
구 년 전에 무슨 일이 있었는지 기억나질 않는다

다만 지난 구 년이 하루만 같다
하루 같은 구 년이 꼬박 구 년 동안 지나갔다

구 년이 지나고 보니
할 일도 없어졌고 살 일도 없어졌다

구 년만 같은 하루가 끝나지 않는다

必

붓꽃이 피었다 진 자리

그대 모르게 그를 보고파
그대 모르게 그를 보고파

보이지 않는 바람과 같이
보이지 않는 바람과 같이

거짓말은 진실이 되니까
거짓말도 진심이 될 테니까

• 김정미, 「바람」; Michael Jackson, 「Billie Jean」.

必

바람이 분다 자야겠다 어제 낮부터 아무것도 먹지 못했다 비로소 아카시아 피는 소리 들린다 작년 이맘때 같이 살던 개가 죽었다 그 사람에게 사랑한다는 말은 하지 말았어야 했다 좀 자고 나면 하루가 저물어 있을 것이다 손가락은 여전히 펴지지 않는다 미친 여자가 자꾸 속삭인다 다정하게 미친 여자의 손금은 생기가 가득하다 목성이 가장 빛나던 때는 사 년 전이었고 死文은 그보다 더 아름다워져 간다

•폴 발레리.

必

매염방이 노래를 부른다 매염방이 노래를 부른다 웨딩드레스를 입고 면사포를 쓰고 매염방이 노래를 부른다 살아생전 마지막 노래를 부른다 죽은 매염방이 살아생전 처음 웨딩드레스를 입고 살아생전 처음 면사포를 쓰고 살아생전 처음인 듯 마지막 노래를 부른다 연꽃 같다 연꽃만 같다 하얀 연꽃만 같은 매염방이 살아생전 처음인 듯 마지막 노래를 부른다 살아생전 처음 웨딩드레스를 입고 살아생전 처음 면사포를 쓰고 처음인 듯 기저귀를 차고 살아생전 수도 없이 불렀던 노래를 난생처음인 듯 마지막으로 부른다 부르지 않았다면 마지막 노래가 아니었을 마지막 노래여 돌이켜 생각해 보니 사랑해서는 안 될 사람도 있었다 매염방이 노래를 부른다 죽은 매염방이 살아생전 처음인 듯 기저귀를 차고 살아생전 처음 웨딩드레스를 입고 살아생전 처음 면사포를 쓰고 마지막인 듯 단 한 번 살아생전 마지막 노래를 부른다

● 梅艶芳, 「夕陽之歌」.

必

라일락이 피고 있다 바람이 분다

언제 죽었는지 모를 동박새가 가슴을 연다

피어나면서 지던 꽃들이 다시 피어나고 있다

당신이 모든 곳으로부터 돌아오고 있다

제5부

必

납일이다 새벽부터 녹나무는 제 가지가 잘린 자리마다 등잔 하나씩을 내건다

술을 함부로 마시지 아니하고 파 부추 마늘 염교를 먹지 아니하고 조상과 문병을 하지 아니하고 음악을 듣지 아니하고 형벌을 집행하지 아니하고 형살 문서에 판결도 서명도 하지 아니하고 더럽고 악한 일에 참예하지 아니하고 끼니를 구하지 아니하고 아름다운 것을 찾지 아니하고 한숨을 짓지 아니하고 이불을 털지 아니하고 책을 펴지 아니하고 이를 사리물지 아니하고 아니할 것과 아니하지 않을 것을 가리지 아니하고 다만 눈을 감되 감은 눈에 맺힌 그림자를 따르지 아니할 것이니 작년에도 그러했듯 당신은 오시지 아니하고

하여 꽃 핀다

당신 오실 길에 밝혔던 등잔들마다 새소리 나부낀다

必

눈, 저 눈, 저 텅 빈 눈, 저 텅 비고 새까만 눈, 공활한 눈, 티끌 하나 없는 눈, 유리구슬 같은 눈, 한때 하늘을 날아다녔던 눈, 이젠 지저귀지도 울지도 않는 눈, 더 이상 눈이 아닌 눈, 너무 말이 없는 눈, 너무 의미가 없는 눈, 천 개의 눈동자를 가진 눈, 흑색 왜성, 수백억 수천억 년 동안 사라지고 있는 눈, 꼼짝하지 않는 눈, 어떤 다짐도 없이 앞만 바라보고 있는 눈, 숨도 쉬지 않는 눈, 눈뿐인 눈, 오로지 눈인 눈, 눈만 남은 눈, 녹지도 썩지도 않는 눈, 죽었는데 죽지도 않는 눈, 죽지 않고 빤히 바라보는 눈, 바라보기만 하는 눈, 내가 이 길을 지나갈 때까지 내가 이 길을 지나가다 잠시 멈춰 설 때까지 내가 이 길을 지나가다 잠시 멈춰 서서 문득 쳐다볼 때까지 영원인 듯 하염없이 바라보고 있는 눈, 속절없이 대책 없이 눈뜨고 있는 눈, 내 눈을 관통하고 있는 눈, 내 해골을 꿰뚫고 있는 눈, 맞바라보다 불타 죽을 것만 같은 눈, 저 눈, 처음부터 아무것도 바라보지 않고 있는, 눈, 완벽한, 눈, 滅, 다시 滿開하는, 꽃

해설

사이를 쓰다

조강석(문학평론가)

그런 우연도 있다. 의도하지 않았지만 한 시집 전체가 다른 시인의 구절에 의해 정확히 표현되는 경우가 있다. 채상우의 시집 『필』을 읽고 가장 먼저 떠오른 것은 다음 구절이었다.

울고 간 새와
울러 올 새의
적막 사이에서

—김수영, 「동맥(冬麥)」 부분

솔직히 말하자면, 해설로 붙이고 있는 이 설명들이 모두 군말로 여겨질 만큼 저 구절은, 마치 시집 앞머리에 얹힌 「시인의 말」처럼, 이 시집의 정황을 적확하게 지시하고 있다. 완료된 한 사건과 다시 개시될 사건의 '사이'를 지시하는 이 맥락은 시집 『필』의 전모를 이해하는 데 있어 핵심이 된다. 그런 의미에서 다음과 같은 시를 우선 읽어 보는 게 좋겠다.

> 쓰고 있다 나는 지금 쓰고 있다 봄날에 대해 쓰고 있다 봄날 피어나고 있는 꽃에 대해 쓰고 있다 나비라고 쓰고 있다 아지랑이라고 쓰고 있다 처음이라고 쓰고 있다 이건 미친 짓이다 우주는 137억 년 동안 팽창하고 있다 강물은 흘러갑니다 당신과 나의 꿈을 싣고서 꽃처럼 새처럼 바람처럼 오로지 쓰고 있다 지금 쓰고 있다 나는 계속해서 쓰고 있다 한번 죽은 자는 다시 죽지 않을 것이다 되살아나지도 않을 것이다 맹세는 아직까지 지켜지지 않았지만 우리들은 그 봄밤에 맹세를 하였습니다 중력은 어디에나 있지만 아무도 읽을 수가 없다 끝나지 않을 것이다 슬픈데 슬프지가 않다 나는 다만 쓰고 있다 다 늦은 지금에야 그 봄밤에 대해 쓰고 있다 지난겨울을 견디고 꼿꼿이 선 채 죽은 편백을 본다
>
> —「必」 전문(이하 동일 제목의 시는 제목 생략)

제3부에 실린 작품들을 제외한 이 시집의 모든 시의 제목은 "必"이다. 시인은 이를 "평생 심장에 꽂힌 칼을 본떠 만든 것"으로 풀이하고 있다(「시인의 말」). 그렇게 보자면, 이 시집은 심안(心眼)에 꽂힌 풍크툼(punctum)들의 연대기이다. 'punc'라는 어원 자체가 '찌르다', '상흔'이라는 뜻을 지니고 있지 않은가. 그러니 이 시집은 찔러 오는 것들을 응

시하는 찰나들의 기록이다. 그런데, 주지하듯, 몸에 충격이 닿는 순간과 그 충격이 주는 고통이 느껴지는 것은 동시적이지 않다. 거기엔 '사이'가 있다. "必"이라는 동일한 제목을 단 모든 시들은 바로 그 '사이'에서, 다시 말해 몸에 닿은, 심안을 찔러 온 것들을, 미처 그 형태도 추스르기 전에 인지된 그 감각 덩어리들을 이제 곧 형태화될 지각의 결과가 도달하기 전에 묘사하려는 의지로 수습하고 있는 시들이다. 「시인의 말」에서 시인이 "비가 온다"라고 쓰고, 바로 뒤에 "비가 온다라고 쓴다"라고 이를 이내 고쳐 쓰고 있는 까닭이 그것이다. 또한 같은 글에서, "어떤 문장은 아무런 의미도 없지만 기어이 써야만 한다 반드시라고 쓴다"라고 말하고 있는 것 역시 정확히 이런 이유 때문이다. 심안을 찔러 오는 것들의 접촉면을 응시하고 그것의 형태와 의미를 어림잡기도 전에 이를 써야 한다는 필사적 요청이 "必"이라는 한자에 모두 반영되어 있다. 그 많은 시의 제목이 모두 "必"인 까닭을 비로소 알 듯하다.

그렇다면 왜 이토록 필사적으로 바로 그 '사이'의 사태를, 아니 '사이' 그 자체를 써야만 했던 것일까? 이 질문에 대한 하나의 답변을 마련해 보기 위해 조금은 우회로를 걸어야 한다. 우선 앞서 인용한 시를 먼저 살펴보자.

눈치 빠른 독자라면 이 시집을 관통하는 시제가 현재진행형임을 알 수 있을 것이다. 모두 "必"이라는 제목을 지닌 시에서 눈에 띄는 대로 발췌한 다음 대목들을 살펴보자.

지나가고 있다, 쓰고 있다, 기다리고 있다, 죽어 가고 있다, 일어서고 있다, 떨어지고 있다, 불가능해지고 있다, 꽃 피고 있다, 불타고 있다, 오고 있다, 겨우 말하고 있는 것이다, 돌아오고 있다

단순히 형태소만을 기준으로 눈에 띄는 대로 추려 보아도 위와 같은 대목들을 얻을 수 있다. 이로써 이 시집의 주인공이 '사이'라는 것이 더욱 명료해진다. 이를 염두에 두고 앞서 인용한 시로 돌아가 보자. 이 발화의 주인공은 "쓰고 있다". 그는 봄날에 대해, 피어나고 있는 꽃에 대해 쓰고 있다. 그는, 이 모든 것들에 "처음"이라는 이름을 부여하며 모든 일들이 지금 시작되는 것처럼 "오로지 쓰고 있다". 맹세도 슬픔도 모두 끝이 있을 것이지만 이처럼 '사이'를 쓰는 일은 "끝나지 않을 것이다". 쓰는 행위만이 계속된다.

이 시에는 이런 고집스런 되풀이로서의 '쓰기'와 관련된 정황이 넌지시 지시되어 있다.

한번 죽은 자는 다시 죽지 않을 것이다 되살아나지도 않을 것이다
슬픈데 슬프지가 않다 나는 다만 쓰고 있다

그가 '사이'에 보금자리 치는 이유는 '사이'를 유지하기 위함이다. 현재진행형의 의의는 현재를 오래 늘이는 데 있다. 다시 말하자면 죽은 과거와 어쩌면 되풀이될 절망, 양

자의 인력 안에서 한쪽으로 이끌리지 않고 바로 그 인력과 척력의 '사이'에서 살고 싶기 때문이다. 여기에는 두 가지 운동이 결부되어 있다. '사이'에 살고 싶을수록 '사이'를 지탱하는 양극의 축대를 계속해서 조정해야 한다. 그리고 그 조정이 변경해 가는 중심에 터를 잡아야 한다. 정신분석에서라면 '포르트-다(Fort-Da)' 놀이나 죽음충동을, 수사적 의미론에서라면 아이러니를 떠올려 볼 수 있을 것이다. 거듭 상처를 떠올리는 것은, 자신의 의지로 조정할 수 없었던 사태를 사후에라도 교정해 보고 싶은 은근한 소망 때문이다. 그것은 정신분석 득의의 소득이다. 계속해서 중심을 지향하며 운동해 나가지만 끝내 중심에 도달하지 못하고 자꾸만 미끄러지는 것, 그러면서도 거듭 중심을 향한 의지를 수습하며 돌진해 가고 다시 미끄러지는 것, 그것은 아이러니의 산물이다. 이 시에는 물론 그런 양상들도 담겨 있다. 이미 발생한 죽음(그것이 물리적이건 상징적이건), 이를 수습하는 운동으로서의 '쓰기'가 지시하는 바가 그것이다. 그런데, 여기에는 조금 더 복잡한 국면이 결부되어 있다. 언어가, 오감에 주어지는 직전 과거의 자극과 그 귀결점으로서의 바로 직후 미래의 정서 '사이'에서 비정형적으로 뭉클대는 것들에 붙박여 있기 때문이다. 바로 그 지점에서 상처와 기억의 '사이'가 벌어진다. 아니 그 간극에 있는 사태들이 미묘해지고 풍부해진다. '사이'를 기록하는 것은 곧 시간을 미분하는 것이기 때문이다.

꽃이 피어나려 한다 죽은 새가 이틀째 가만히 있다 움직이질 않는다 꽃이 피어나려 한다 울지 않는 새가 소파에 차분하게 누워 있다 버려진 소파는 버려진 줄 모른다 버려진 줄 모르는 소파는 여전히 기다리고 있다 꽃이 피어나려 한다 한쪽 다리가 부러진 탁자가 허공을 딛고 서 있다 허공이 단단해지고 있다 꽃이 피어나려 한다 화분이 깨지고 있다 깨지고 있는 화분이 깨지려는 화분을 꼭 붙들고 있다 이젠 더는 만나서는 안 될 이름을 불러 본다 속이 맑아진다 흰 무지개가 해를 꿰뚫고 있다

기미와 작은 움직임들이 '사이'를 응시하는 시계(視界)에 포착되는 것은 자연스럽다. 이 시에는 이미 한번 발생한 사건이 낳은 상처가 근저에 놓여 있다. 그런데 시가 진행되면서 상처가 거듭 상기되는 대신 현재 발생하고 있는 사건들에 의해 일산(逸散)한다. 쓰는 행위가 곧 비껴가는 운동이 되기 때문이다. '사이'를 응시하며 사태들의 기미를 묘사하는 쪽으로 비껴가는 작용과 비끼는 시선을 잡아끄는 상처의 인력 '사이'의 긴장이 시의 기저에 놓여 있다. 집요한 상처의 인력과 시계를 미분하는 쓰기의 원심력, 이것이 이 시집의 기본 구도이다. '-고 있다'의 현재진행형 시제가 이 시집의 주조인 까닭은 끄는 힘과 쓰는 힘, 응집시키는 힘과 확산하려는 힘, 사태의 진행 추이에 대한 상식적 이해와 그것을 중단시키는 파국적 인식이 팽팽히 맞서고 있기 때문이다. 이를테면 다음 시를 보라.

그러나, 저녁이 오고 있다 그러나 저녁이 오고 있다라는 문장은 저녁 바깥에 있다 그러나 저녁이 오고 있다라는 문장을 쓰는 저녁 바깥의 저녁은 이제 막 저녁이 되려 한다 아직 저녁은 오지 않았는데 그러나 저녁은 저녁 바깥으로부터 오고 나팔꽃은 서둘러 지려 하고 그러나 저녁이 오고 있다라는 문장을 쓰는 저녁 바깥의 저녁은 온통 저무는 중이다 나팔꽃은 낮과 밤을 언제부터 구분하기 시작했을까 그러나 나팔꽃은 저녁 바깥의 저녁에서 꽃잎을 오므리고 가시거미는 제가 뱉어 놓은 그물 속에서 깨어나려 하고 그러나 가시거미가 깁고 있는 저녁은 저녁이 오기 오래전부터 부서져 내린다 그러나 그런 저녁이 오고 있다라고 쓰는 저녁 바깥의 저녁 거기 당신 오랜만이군요 그러나 누구인가 당신은 왜 저녁 속으로 돌아가지 못하는가 저녁이 오고 있는데 저렇게 오고 있는데 그러나 저녁이 오고 있다라는 문장을 쓰고 있는 저녁의 바깥에서 내내 서성이기만 하는 당신 잘못 물들인 색화지처럼 저녁의 바깥으로 저며 들고 있는 저녁 그러나 나는 왜 이 문장을 기어이 완성하려 하는가 그러나 저기 분명 저녁이 오고 있는데 저녁이 오고 있다라고 쓰고 다시 고쳐 쓰는 저녁의 바깥은 아무런 뜻도 없이 저녁이 되어 가려 하는데 이 세상의 모든 저녁에서 사라진 당신 주여 내가 만족합니다 당신이 이루지 않고 떠난 저녁 그러나 마침내 저녁이 오고 있다 그러나 저녁이 오고 있다라는 문장은 끝끝내 저녁 바깥에 있고 지은 적 없는 죄가 불현듯 선명해지려 한다 조금 길지만 앞서 설명한 양상을 보여 주기 위해 전문을 인용할 수밖에 없었다. 이 시에는 앞서 설명한 모든 정황이 담겨 있다. 우선 묻자. '나'는 "왜 이 문장을 기어이 완성하려 하는가".

설명을 위해 시의 정황을 다음과 같이 간추려 보자(정동을 풀이해야 하는 것이 해설의 숙명이다).

> ① 저녁이 오고 있다
>
> ② 저녁이 오고 있다라는 문장은 저녁 바깥에 있다
>
> ③ 저녁은 저녁 바깥으로부터 오고
>
> ④ 누구인가 당신은 왜 저녁 속으로 돌아가지 못하는가 저녁이 오고 있는데
>
> ⑤ 나는 왜 이 문장을 기어이 완성하려 하는가
>
> ⑥ 저녁이 오고 있다라고 쓰고 다시 고쳐 쓰는 저녁의 바깥은 아무런 뜻도 없이 저녁이 되어 가려 하는데
>
> ⑦ 이 세상의 모든 저녁에서 사라진 당신
>
> ⑧ 그러나 마침내 저녁이 오고 있다
>
> ⑨ 저녁이 오고 있다라는 문장은 끝끝내 저녁 바깥에 있고
>
> ⑩ 지은 적 없는 죄가 불현듯 선명해지려 한다

이 시는 저녁의 풍경을 그리고 있지 않다. 저녁이 오는 기미를 포착하고 "저녁이 오고 있다"라는 문장을 현재진행형으로 쓰는 일을 메타적으로 기술하는 것이 핵심이다. 저

녁의 풍경은 '당신'을 현실 속으로 불러내지 못하지만 "저녁이 오고 있다"라고 쓰는 것은 이를 가능하게 한다. "저녁이 오고 있다"라는 문장이 저녁 바깥에 있는 까닭은 그것이다. 이 문장은 지금까지 설명한 것처럼, '사이'에 있다. 즉 사태가 발생하고 경과하고 해석되는 흐름을 서술하는 것이 아니라 '사이'라는 점(punctum)을 마련함으로써 현재를 연장하고 있다. '사이'를 응시하고 진행형의 시점에서 시간을 미분하는 의지는 곧 '쓰는 행위'와 결부된 의지다. 저녁이 아니라 그것의 양태를 씀으로써 '나'는 '당신'을 다시 마주할 수 있다. 그러나 이는 정신분석에서처럼 은근한 소망의 충족을 위한 것이 아니다. 씀으로써, 저녁의 바깥에 있는 시공간 속에서만 환기된 '당신'은 저 바깥으로부터 현실의 안쪽으로 들어오지 못하고 잠깐 얼굴을 비추고는 이내 사라진다. 마치 잠깐 이는 불꽃처럼 거듭 고쳐 쓴 문장 속에서만 번개처럼 금이 간 얼굴을 비춘 '당신'이 사라진 시공 속으로 다시 저녁이 찾아온다.

이처럼 '내'가 문장을 거듭 고쳐 쓰는 것은 저녁의 풍경을 그리기 위한 것이 아니라 그것에 대해 씀으로써 세계의 모든 기미들 속에서 '당신'을 잠시라도 소환하기 위한 것이다. '쓰기'의 효력과 한계가 모두 결부된다. 잠깐 얼굴을 비춘 '당신'은 현세의 시간 속으로 들어오지 못하고 일렁이다 사라진다. 이 시는 고쳐 쓰는 행위가 거듭 '당신'을 소환하는 행위임을 적시한다. 이것이 "지은 적 없는 죄"인 까닭은 '내'가, 모든 것이 종결된 이후에 속하려 하지 않기 때문이다. 달리 말해 '내'가 세계의 모든 기미들에 대해 거듭 씀으로써 '-했다'와 '-할 것이다'의 '사이'에 즉, 확실한 완료와 불확실한 재개의 '사이'에 자신을 세우기 때문이다. 이 시집에 실린 "必"이라는 제목의 시는 모두 이와 같은 운동을 각기 다른 기미 속에서 펼쳐 놓은, 같은 기관이 전개하는 동일한 패턴의 아이러니 운동이다.

글의 서두에서 이렇게 물었다. 왜 그렇게 필사적으로 '사이'를 쓰는가, '사이'의 시계들을 벼려 내는가? 앞서 '사이'의 전모를 살펴보았으니 잠시 이 아이러니 운동이 왕복하는 두 극에 대해서 눈여겨보고 이 질문에 대해 다시 생각해 보자. "必"이라는 동일한 제목의 시들로 구성된 다른 장들과는 달리 각기 고유한 제목을 지닌 시들로 구성된 제3부에서 우선 한두 가지 단서들을 확보할 수 있다.

> 왼쪽 귀가 잘린 고양이가 죽은 새끼를 물고 하얀 벚꽃 그늘과 자줏빛 목련 아래를 오갑니다
>
> 나는 나를 구원할 수가 없었습니다
>
> —「사순절」 전문

이 시는 현재와 과거가 교섭하는 현장을 보여 준다. 현재형으로 묘사된 광경은 앞서 살펴본 시들에서처럼 현재진행형으로 과거와 미래의 '사이'를 넓게 전개시켜 놓는 것이 아

니라 이내 과거를 상기시킨다. 시의 앞부분은 망실의 사태가 낳을 수 있는 깊은 정서를 걷어 낸 덤덤한 그림으로 (애써) 제시되어 있는데, 이는 끝내 시의 뒷부분에서 과거의 기억을 끌고 온다. 그리고 그것은 이내 어떤 회한과 절박함이라는 정서 쪽으로 시적 주체를 결착시킨다.

공원에 앉아 있는데 나비 하나가 제 발등에 내려앉았습니다 배추흰나비였습니다 행여나 날아갈까 싶어 하느작하느작 나비가 날개를 접었다 폈다 접었다 폈다 하는 날갯짓을 따라 저도 가만히 숨을 들이마셨다 내쉬었다 들이마셨다 내쉬었다 했습니다 나비가 날개를 접으면 저는 숨을 들이마시고 나비가 날개를 펴면 저는 숨을 내쉬었습니다 들이마셨다 내쉬었다 접었다 폈다 들이마셨다 내쉬었다 접었다 폈다 하는 그동안만큼은 저도 꼭 나비가 된 것만 같았습니다 나비가 된 것만 같아 눈을 감고 숨을 들이마셨다 폈다 들이마셨다 폈다 접었다 내쉬었다 접었다 내쉬었다…… 참 아득했습니다 내내 행복했습니다 그러다 저도 모르게 눈을 떠 보니 발등에 있던 나비는 간데없고 나도 없는데 나비 숨결은 남아 하느작하느작 어디 먼 데로 자꾸 저 먼 데로 가는 것만 같았습니다

벤 것도 없이 거둔 것도 없이 자꾸 당신만 두 번씩 부르는 芒種 한낮

이 시의 제목은 "必"이 아니지만 인용 아래에 시의 제목을 따로 적지 않았다. 왜냐하면 저 볼드체로 쓰인 대목이 실은 시의 제목이고 시의 본문은 그 아래에 있는 한 행이 전부이기 때문이다. 이 시는 과거와 현재가 교섭하는 방식을 보여 준다. 우리가 우선 눈여겨볼 것은 굵은 글씨로 된 부분의 시제가 '-았(었)습니다' 형태로 표현된 과거 시제라는 것이다. 그리고 한 행으로 된 본문은 다시 현재 어느 시점에서의 발성이다. 그렇게 보자면 볼드체로 된 긴 부분이 제목인 것과 본문이 한 행으로 구성된 까닭을 충분히 짐작해 볼 수 있다. 짧은 본문에 배어 있는 정서는 길게 주어진 저 과거 시제 속 상황을 통해 설명이 된다. 잠깐 찾아왔다 다시 날아간, 찰나와도 같은 입맞춤처럼 다녀간 '당신'에 대한 기억이 과거의 축을 지탱한다. 그러니 본문의 한 행은 과거와 현재(진행)의 교섭으로 현재진행형의 '사이'가 열리고 있음을 단적으로 보여 준다.

상흔을 남긴 기억에 집착하며 과거를 반복해서 소환하는 것이 멜랑콜리적 주체라고 한다면 이 시집의 시적 주체는, 여러 시에서 드러나는 애상의 흔적에도 불구하고 멜랑콜리적 주체가 아니다. 왜냐하면, 앞서 여러 번 설명했듯이, 이 시집의 중심 시제는 과거 시제가 아니라 현재진행형 시제이기 때문이다. 거듭 고쳐 쓰는 행위는 과거를 되새김하기 위한 것도, 상처를 쓸기 위한 것도 아니다. 그것은 계속해서 '당신'과 '나'의 관계의 사선을 넘나드는 행위다. 과거형이 아니라 현재진행형 시제 속에서 '당신'과 '나'의 만남은 종결된 사건이 아니라 계속 유보되는 사건이 된다. 역시 "必"이라는 제목을 지닌 다음 한 행의 시가 이를 여실히 보여 준다.

꽃이 폈다 진 자리에 새였던 뼈들이 돋아나 있다

우리는 앞서 현재와 과거, 과거와 현재가 교섭하는 현장들을 들여다보았다. 두 교섭을 하나로 통합하면 위에 인용한 한 줄의 시를 얻게 된다. 주목할 부분은 '-아(어) 있다'라는 대목이다. 이것은 어떤 사태가 과거의 사건들을 거쳐 현재 일정한 상태에 도달해 있음을 지시하는 표현이다. 굳이 영어의 시제를 도입해 설명하자면, 이것은 과거도 현재도 현재진행형도 아닌 현재완료적 표현이다. 무슨 일들이 있었는가? 꽃이 피었다 졌다. 새가 뼈가 되었다. 그런 일들이 지금 어떤 귀결에 봉착해 있는가? 새로운 무언가로 돋아나 있다. 단 한 줄이지만 지금까지 설명해 온 모든 것들이 여기에 집약되어 있다. 이 사태는 아직 종결된 것이 아니다. 피고 지고 사그라지고 돋아나는 일들이 순환하듯 반복될 기미가, '사이'를 보는 눈에 포착되어 있는 것이다. 그리고, '사이'의 시계에 수일한 이미지들이 맺힌다.

①

지난여름 배롱나무 꽃 피었던 허공들마다 눈비 내립니다

당신은 오시겠다고도 아니 오시겠다고도 말하지 않았습니다

갸륵하게도 살가죽이 빼곡히 아립니다

눈비 속에서 눈비가 그치질 않습니다

②

비니루 한 장 저 검은 비니루 한 장 한겨울 대곡역 앞 사과나무밭 두엄더미에 걸려 있는 검디검은 비니루 한 장

문득 나부낄 때 만장처럼 나부낄 때 혼신을 다해 바람은 불어오고 반드시 불어오고

불현듯 모든 것이 이해되려 할 때

어쩌자고 무작정 달려오고만 있는가, 당신은

③

라일락이 피고 있다 바람이 분다

언제 죽었는지 모를 동박새가 가슴을 연다

피어나면서 지던 꽃들이 다시 피어나고 있다

당신이 모든 곳으로부터 돌아오고 있다

인용한 세 편의 시는 한 정동의 다른 양태들이다. 이 정동을 구성하는 것이 무엇인가를 앞서 살펴보았다. 이제 서두의 질문에 답하면서 이 양태들을 들여다보자. 왜 그토록 절박하게 '사이'를 쓰고 있는가? ①의 정황을 ②로 확정하여 ③으로 밀고 가기 위함이다. 무슨 말인가? 불확실성을 필연으로 옮겨 놓고 현재를 연장하기 위함이다. 무슨 뜻인가? 가도 아주 가지는 않노라시던 약속이 있었겠다고 믿음으로써 기억을 애상으로 채우는 일을 그치고 "검은 비니루" 한 장이 나부끼는 작은 사건들 속에서도, 다시 말해 미분된 시계에 포착된 모든 현실 속에서 '당신'의 소식을 듣기 위한 것이다. 마지막에 인용한 시에 가득한 것은 기억도 의지도 소망도 애도도 멜랑콜리도 아니다. 그것은 완결된 것과 개시되는 것 '사이'를 지키며 현재를 연장하는 이의 현실이다. 어서 오너라, 당신!